La belle et la brute

Nancy Wilcox Richards

ILLUSTRATIONS DE

Drazen Kozjan

Texte français de Marie-Josée Brière

Éditions SCHOLASTIC

Catalogage avant publication de Bibliothèque et Archives Canada

Richards, Nancy Wilcox, 1958-
[How to tame a bully. Français]
La belle et la brute / Nancy Wilcox Richards;
illustrations de Drazen Kozjan;
texte français de Marie-Josée Brière.

Traduction de : How to tame a bully.
ISBN 978-0-545-99514-6

I. Kozjan, Drazen II. Brière, Marie-Josée III. Titre.
IV. Titre : How to tame a bully. Français.

PS8585.I184H6914 2007   jC813'.54   C2007-902826-8

Édition publiée par les Éditions Scholastic,
604, rue King Ouest, Toronto (Ontario) M5V 1E1.

5 4 3 2 1   Imprimé au Canada   07 08 09 10

Pour Nicholas,

qui se bat contre la pire des brutes – la leucémie;

et pour mes trois autres neveux :

James, Aaron et Matthew.

— N.W.R.

Chapitre 1

Je m'appelle Laurence. Laurence Cantin. Je suis en troisième année. Je pensais bien que ce serait la meilleure année de toute ma vie!

Premièrement, j'étais dans la classe de Mme Martin. C'est la prof préférée de tout le monde. Pas de devoirs les fins de semaine, temps libre tous les vendredis après-midi, et même une machine à bonbons dans la classe. Parfois, quand on fait bien nos devoirs, on reçoit de l'argent pour la machine.

J'étais donc très excitée, le premier jour d'école, quand j'ai lu mon nom sur la liste affichée à la porte de sa classe. Quelle chance! Et puis, j'ai vu le nom de ma meilleure amie, Claire. Encore mieux!

Je suis entrée et je me suis assise juste à côté des ordinateurs. Je n'ai pas regardé qui était à la table que j'avais choisie. Je voulais seulement être à côté des ordinateurs. Comme ça, une fois

Mme Martin
Pièce 3C

mon travail fini, j'avais de bonnes chances d'y arriver la première. Pas besoin de courir d'un bout à l'autre de la pièce... et pas de danger de me faire renvoyer à ma place parce que j'aurais couru.

Je n'ai vraiment pas fait exprès de m'asseoir à côté de Bibiane. (Bibiane, c'est la pire brute de l'école élémentaire Grande-Baie.) Mais, quand je me suis retournée, elle était là, juste à côté de moi... L'horrible, la terrible Bibiane Saint-Onge en personne!

Bibiane est une géante. Elle est presque aussi

grande que Mme Martin. Et ça, c'est quand elle est assise! Ses bras sont très longs. Elle les a peut-être étirés comme ça à force de les tendre pour attraper les enfants… avant de les étouffer! Ses yeux sont constamment en mouvement, à surveiller tout le monde. J'ai bien vu qu'elle cherchait sa prochaine victime. Quelqu'un qu'elle pourrait forcer à faire ses devoirs. Quelqu'un qu'elle pourrait battre. Eh bien, ce « quelqu'un » ne sera pas moi! Pas question que je reste là! Ordinateur ou pas, ça n'en valait tout simplement pas la peine.

Je devais changer de place, et vite! Mais avant que j'aie le temps d'attraper mon sac d'école et de déguerpir, Mme Martin s'est exclamée :

— Laurence! Comme je suis contente que tu aies choisi cette table-là. Je suis sûre que Bibiane et toi allez devenir de bonnes amies d'ici la fin de l'année.

— Certainement, ai-je marmonné avec un sourire forcé.

— Tu sais, Laurence, Bibiane est arrivée à Grande-Baie au printemps dernier seulement, a poursuivi Mme Martin. Elle va maintenant pouvoir se faire beaucoup de nouveaux amis.

Elle a souri à Bibiane.

— J'espère que tu vas passer une très belle année avec nous.

J'avais envie de lui demander « Et mon année à moi? Qu'est-ce que vous en faites? ». Mais j'ai tourné les yeux vers Bibiane. Elle me fixait d'un air mauvais, les sourcils froncés. Avec ses petits yeux noirs comme des billes, elle m'a fait penser à un rat pris au piège. Lentement, elle a levé une main, elle a replié ses doigts un par un et elle m'a montré le poing. J'ai compris le message tout de suite. Bibiane et moi, on ne serait jamais amies. Pas maintenant. Pas l'an prochain. Jamais. J-A-M-A-I-S.

Ma troisième année scolaire commençait décidément très mal…

Chapitre 2

— Pourquoi es-tu allée t'asseoir avec Bibiane? m'a demandé Claire à la récréation. Tu veux souffrir, ou quoi? Elle est folle!

— Je sais bien, ai-je acquiescé, la mort dans l'âme. Je ne l'ai pas fait exprès. Je ne l'avais pas vue. Je voulais seulement être proche des ordinateurs.

Claire m'a regardé avec sympathie.

— C'est trop tard, maintenant, a-t-elle dit. Tu sais quoi? C'est la deuxième fois qu'elle fait sa troisième année. En réalité, elle devrait être en quatrième. Et elle est bien assez grande pour être en cinquième.

J'ai hoché la tête.

— Et puis, tu sais quoi? L'année dernière, elle a volé à Karine Toutant une dent que le dentiste lui avait arrachée et elle l'a mise sous son oreiller à elle. La fée des dents n'est pas venue, bien sûr. Il paraît aussi qu'elle a déjà soulevé Éric

Vincelette par la ceinture jusqu'à ce qu'il ait les sous-vêtements au menton!

Claire a pris une grande inspiration avant de continuer.

— Et puis, elle a forcé Aaron Levert à manger des vers de terre qu'elle avait volé dans la classe de sciences de M. Blain!

J'ai poussé un gémissement. C'était encore pire que je ne l'avais cru! Je voyais déjà mes parents en larmes à mes funérailles, en train de se demander comment les choses avaient pu tourner aussi mal.

C'est alors que Claire a dit :

— Ne regarde pas tout de suite, mais Bibiane a l'air vraiment furieuse et elle s'en vient par ici.

J'ai jeté un coup d'œil par-dessus mon épaule. Claire avait raison. Bibiane traversait la cour à grandes enjambées. Elle se dirigeait droit sur moi.

— Hé, Crevette! a-t-elle lancé.

J'ai regardé les balançoires derrière moi. Je sais bien que je suis parmi les plus petites de la classe, mais peut-être – sait-on jamais! – qu'elle parlait à quelqu'un d'autre? Mais non, pas de chance. Les balançoires étaient vides. Je me suis

retournée pour faire face à Bibiane.

— C'est à moi que tu parles? ai-je demandé
d'une voix faible.

— Ouais, c'est à toi! À qui d'autre est-ce que
je pourrais parler, Crevette?

— Qu... Qu'est-ce que tu veux? ai-je

demandé en avalant péniblement ma salive.

— Ton goûter, pour commencer, a répliqué Bibiane. À partir de maintenant, je veux que tu m'apportes un goûter tous les jours pour la récré. Tu as compris?

Sur ce, elle s'est emparée de mon carré au chocolat. Les joues gonflées, les lèvres serrées, elle a tout avalé en un rien de temps. Elle me faisait penser à un tamia aux abajoues remplies de noix. Elle n'a fait qu'une bouchée du célèbre carré au chocolat double chocolat de ma mère.

Bibiane a passé sa manche sur son visage pour y essuyer les traces de gâteau.

— Pas mal, Crevette. Pas mal! N'oublie pas d'en apporter un autre demain, sinon…

Elle a refermé lentement les doigts pour me montrer son poing, puis elle s'est éloignée vers l'autre bout de la cour.

J'ai avalé ma salive. J'avais très bien compris le message : un carré au chocolat, ou gare à toi.

— Elle me fait peur, a murmuré Claire, le

front barré d'un pli soucieux. Qu'est-ce que tu vas faire?

— Je ne sais pas, ai-je répondu, découragée. Mais j'espère que ma mère vas me donner un autre carré au chocolat demain...

Chapitre 3

Après la récré, Mme Martin a annoncé qu'on allait faire une chasse aux trésors. Il fallait trouver des choses qui se rapportaient à des élèves de la classe.

Je suis restée le plus loin possible de Bibiane. J'en savais déjà bien assez sur elle et je n'appréciais vraiment pas ce que je savais. Mais j'ai appris des choses très intéressantes sur d'autres élèves. Par exemple que Julien adore la choucroute, que Monique a six frères et sœurs, et que Nicolas a passé toutes ses vacances d'été sur un bateau. Cool! J'ai aussi appris que Mme Martin n'aime pas les serpents. Elle les déteste! Je pense même qu'elle a dit qu'elle avait « une peur bleue » des serpents. Pour ce qui est de Claire, je savais déjà que j'étais sa meilleure amie, puisqu'elle est ma meilleure amie.

Et puis, Mme Martin a dit :

— J'aimerais que chacun de vous se trouve

un partenaire. Vous allez vous interviewer mutuellement. Essayez de choisir quelqu'un que vous ne connaissez pas très bien.

J'ai jeté un coup d'œil vers Claire. Je la connaissais un peu trop bien... Tant pis! Je pourrais peut-être interviewer Rachel ou Mathieu. Ils étaient arrivés à Grande-Baie à la fin de la deuxième année, et je ne les connaissais pas beaucoup. Mais, pendant que j'essayais de choisir entre les deux, Mme Martin s'est tournée vers moi.

— Oh, Laurence! Veux-tu être la partenaire de Bibiane? Ce serait bien que vous appreniez à vous connaître. Vous allez travailler à la même table toute l'année, après tout.

Elle nous a tendu à chacune un questionnaire.

J'ai regardé Bibiane. À voir son visage fermé, j'ai eu l'impression qu'elle était aussi contente que moi qu'on soit ensemble... Je voyais en pensée un gros nuage noir autour de sa tête, avec un éclair pointé vers moi.

— Certainement, madame Martin.

J'ai été la première à poser les questions.

— Quel est ton plat préféré?

— Facile! Le spaghetti.

— Combien y a-t-il de personnes dans ta famille?

— Seulement trois, a répondu Bibiane en souriant. Moi, mon père et ma mère.

Ce ne serait peut-être pas si mal, après tout. Elle me répondait, au moins. Elle ne se comportait pas comme une brute. Elle était même presque gentille.

Jusqu'à ce que je lise la dernière question...

— Qu'est-ce que tu pourrais apporter en classe demain qui étonnerait tout le monde et qui permettrait aux autres d'apprendre quelque chose de nouveau sur toi?

Bibiane a eu un petit sourire narquois.

— Mon boa constricteur.

Je me suis sentie pâlir.

— Un boa constricteur? Tu n'es pas sérieuse, hein? Mme Martin vient de dire qu'elle avait une peur bleue des serpents.

— Justement, a répondu Bibiane en souriant. Justement…

Chapitre 4

— Bonjour tout le monde, a dit Mme Martin le lendemain matin. J'espère que vous avez tous pensé à apporter un objet à montrer à la classe… un objet qui va nous étonner et nous apprendre quelque chose à votre sujet.

J'ai jeté un coup d'œil à Bibiane. Elle tenait une taie d'oreiller en souriant, et j'aurais pu jurer que j'avais vu quelque chose gigoter à l'intérieur. Quelque chose de gros, de long, de la taille d'un… Aïe! D'un boa constricteur?

— Qui veut commencer?

Claire était au courant de l'idée de Bibiane. Elle a levé le bras en vitesse.

— Claire?

Elle s'est dirigée vers l'avant de la classe.

— L'hiver dernier, je suis allée en Floride, a-t-elle annoncé, et j'ai nagé avec des dauphins.

Elle a montré une photo. Elle était en train de caresser un dauphin, le visage illuminé d'un

large sourire. Je me rappelais que ça avait été le
meilleur moment de son voyage. Pendant des
semaines, après son retour à Grande-Baie, elle
n'avait parlé que de ça.

Après Claire, beaucoup d'autres élèves ont
présenté des choses intéressantes. Mais je
n'arrivais pas à me concentrer. Je ne pouvais pas
m'empêcher de penser à Mme Martin qui avait
une peur bleue des serpents, et à la « surprise »
de Bibiane. Et puis, j'ai entendu les mots que je
redoutais :

— Bibiane, qu'est-ce que tu as apporté
aujourd'hui?

Mon estomac s'est noué. J'avais l'impression
que j'allais être malade. J'aurais voulu crier

« Attention, madame Martin! », mais tout le monde sait qu'il ne faut jamais dénoncer les brutes. Bibiane aurait rendu ma vie encore plus misérable, et les choses allaient déjà assez mal comme ça!

Bibiane s'est avancée d'un pas nonchalant. Je retenais mon souffle, horrifiée. Elle a ouvert son sac en prenant tout son temps. J'ai jeté un coup d'œil à Mme Martin, qui arborait un large sourire. Mais ça n'allait sûrement pas durer…

Bibiane a plongé une main dans son sac. Elle m'a regardée avec un sourire diabolique, l'air de dire « Qu'est-ce que tu vas faire, Laurence? ».

Puis elle a sorti de son sac un long objet vert. Un objet qui ressemblait à… une nouille de piscine!

Une nouille de piscine?

— L'été dernier, a expliqué Bibiane, mon père a installé une piscine dans notre cour. Comme je ne pouvais pas apporter la piscine, je me suis dit que ce serait une excellente idée de vous montrer cette nouille. C'était tellement génial de flotter dans l'eau avec ça!

— C'était sûrement très amusant, a répondu Mme Martin avec un grand sourire.

J'ai regardé Bibiane, incrédule. Elle m'a lancé un regard narquois. Elle semblait très satisfaite du vilain tour qu'elle m'avait joué.

— C'était vraiment méchant, a commenté Claire après la fin des cours.

On était assises sur les marches, derrière chez moi, en train de savourer des biscuits à l'avoine et aux raisins avec du lait.

— Mmmm, ai-je approuvé, la bouche pleine. Heureusement que je n'ai rien dit à Mme Martin. J'aurais passé pour une idiote.

— Ouais, a renchéri Claire d'un air sombre.

— Mais qu'est-ce que je vais faire pour la récré? Je ne peux pas continuer indéfiniment à lui donner mes goûters. Qu'est-ce que je vais manger, moi?

— Je vais partager avec toi, a offert Claire en trempant son biscuit dans son lait. Ne t'inquiète pas. On trouvera bien une solution.

J'ai souri à Claire. C'est pour ça qu'elle est ma meilleure amie. On peut toujours compter sur elle.

Chapitre 5

Le lendemain, à la récré, je jouais au ballon avec Claire dans la cour d'école. Bibiane n'a pas mis beaucoup de temps à me repérer.

— Alors, qu'est-ce que tu m'as apporté à manger, Crevette? m'a-t-elle demandé d'un air menaçant.

J'ai levé les yeux vers elle. Puis je les ai baissés vers mon carré au chocolat double chocolat, encore enveloppé.

— J'attends, a-t-elle aboyé en avançant d'un pas.

Je n'avais pas tellement le choix…

— Tiens, ai-je dit en lui remettant mon goûter.

Bibiane n'a fait qu'une bouchée de mon carré au chocolat. Elle a fait mine de s'éloigner, puis elle s'est arrêtée et s'est tournée vers moi.

— N'oublie pas, Crevette, tu fais mieux d'en avoir un autre demain. Sinon…

Elle avait des miettes de chocolat sur les lèvres et du glaçage sur les dents.

J'ai hoché la tête sans dire un mot. Je n'étais pas sûre de pouvoir parler. J'avais mal au ventre.

Claire m'a regardée. Je voyais bien qu'elle avait peur, elle aussi.

— Ça va? m'a-t-elle demandé.

— Ouiiii, mais elle est tellement... tellement... méchante! Je la déteste!

— Je sais, a approuvé Claire. Allons jouer ailleurs.

Elle m'a tendu son sac de bretzels.

— Tiens, prends-en.

Après la récré, on a le cours de maths, puis le cours d'édu. Notre prof d'édu s'appelle M. Tremblay. Il est un peu vieux, mais il sourit tout le temps. Aujourd'hui, il avait sorti des trottinettes. Je me suis bien amusée à faire une course entre les bornes avec Aaron. Il est vraiment rapide.

— Tu ne peux pas m'attraper! s'est-il écrié en prenant un virage à toute vitesse.

— Non! ai-je répondu en riant.

J'ai ralenti pour négocier le virage. J'ai vu Bibiane du coin de l'œil, à l'autre bout du gymnase. Elle aussi avait de la difficulté avec les virages.

— Ce sera tout pour aujourd'hui, les enfants! a crié M. Tremblay. Allez-vous laver avant le dîner.

Il y a toujours beaucoup de bruit dans les toilettes quand on se lave. Et beaucoup de

monde. Jeannie et moi, on a été les dernières aux lavabos.

— On s'est bien amusés, a dit Jeannie.

— Oui. J'espère qu'on pourra se servir des trottinettes encore demain. Je voudrais tellement battre Aaron à la course, ai-je ajouté en me savonnant les mains.

— Il est vraiment rapide, a-t-elle répondu en riant. Il file comme une fusée.

Elle s'est essuyé les mains avec du papier.

— À tout à l'heure, à la cafétéria.

— À plus tard.

Jeannie est sortie. J'avais presque fini moi aussi quand Bibiane est entrée à son tour. Elle m'a toisée de la tête aux pieds et s'est dirigée vers le lavabo à côté du mien. Je l'ai regardée actionner la pompe à savon comme une déchaînée, jusqu'à ce qu'elle ait un gros tas de mousse rose dans la main. Puis elle a plongé un doigt dans la mousse et elle a commencé à écrire sur le miroir.

L A U R

Elle était en train d'écrire mon nom! Le directeur allait sûrement me tuer, ou du moins me donner une retenue à n'en plus finir.

— Hé! Qu'est-ce que tu fais là? ai-je demandé.

— Attends, tu vas voir, Crevette.

J'ai regardé avec horreur pendant que Bibiane continuait d'écrire sur le miroir.

LAURENCE AIME

— Arrête! me suis-je écriée. Sinon, je vais...

Mais je n'ai pas eu le temps de finir ma phrase. Bibiane a fait un pas vers moi en me regardant de haut.

— Et qui va m'obliger à arrêter? Toi, peut-être? a-t-elle demandé en ricanant.

J'ai levé les yeux vers elle. Je voyais les poils dans son nez et ses gros sourcils froncés.

Je me suis redressée autant que j'ai pu, en espérant que ça me ferait paraître plus grande. Plus imposante. Mais j'avais le cœur qui battait la chamade. Je devais absolument dire quelque chose.

— Je... Je... ai-je bégayé. Je vais avoir des pro... des problèmes.

— Et puis, après? a répondu Bibiane.

Sur ce, elle a continué d'écrire sur le miroir.

JULIEN

Je me suis sentie rougir. Julien? Laurence aime Julien? Je ne pouvais pas laisser ça sur le miroir!

— Et tu fais mieux de laisser ça là jusqu'à la fin de la journée, a dit Bibiane. Sinon…

Elle a replié les doigts un par un et m'a montré le poing.

La porte s'est ouverte juste à ce moment-là, et Mme Martin est entrée.

— Allez, les filles. C'est le temps de dîner. On est un peu en retard.

Sa voix s'est éteinte quand elle a remarqué le message dans le miroir.

— Mais qu'est-ce qui se passe ici? Laurence? Bibiane?

J'ai regardé Bibiane. J'aurais bien voulu lui dire : « Regarde ce que tu as fait. Maintenant, on va avoir des problèmes toutes les deux. » Mais j'ai préféré me taire.

— Je veux vous voir toutes les deux dans la classe après le dîner, pour discuter de ça. Entre-temps, je veux qu'une de vous deux lave le miroir. Tout de suite!

Je n'avais jamais vu Mme Martin aussi furieuse.

— Oui, madame Martin, ai-je répondu.

Je suis allée chercher un essuie-tout. Bibiane s'est contentée de me lancer un sourire narquois et a suivi Mme Martin à la cafétéria.

Chapitre 6

Après l'incident du miroir, j'ai essayé d'éviter Bibiane un bout de temps. Parfois, c'était facile. Parfois, c'était plus difficile. Mais d'une manière ou d'une autre, elle me retrouvait toujours à la récré, et je lui remettais chaque fois le carré au chocolat double chocolat que ma mère m'avait donné.

— J'en ai assez de lui donner mon goûter, me suis-je lamentée à Claire.

Elle a hoché la tête. Elle comprenait. On était assises à la cafétéria, en train de manger. Tous les élèves de troisième s'assoient ensemble, à la dernière table sous la fenêtre.

— Je n'ai pas mangé un seul des carrés au chocolat de ma mère depuis deux semaines.

J'ai jeté un coup d'œil rapide à Bibiane. Elle était assise au bout de la table et mangeait tranquillement. Elle avait une grosse pointe de pizza au pepperoni. J'adore la pizza au pepperoni, mais j'ai le droit de m'acheter à dîner seulement une fois par semaine. Le reste du temps, j'apporte mon repas. Ce jour-là, ma mère m'avait préparé quelque chose de bon : un sandwich au thon sans croûtes, des petits cornichons, du jus de pommes et des bâtonnets de céleri tartinés de beurre d'arachide.

— Qu'est-ce que tu as apporté, toi? ai-je demandé à Claire, occupée à disposer son dîner sur la table.

— Un sandwich jambon-fromage, des bâtonnets de carottes, du yogourt et du lait, a répondu Claire tout en fourrageant dans le fond de son sac. Et ça.

Elle agitait une barre granola sous mon nez.

— Tu veux un céleri en échange d'une carotte? ai-je demandé. Il est comme tu l'aimes, avec du beurre d'arachide croquant.

— Certainement, a répondu Claire en souriant.

On a ri et bavardé pendant tout le dîner, comme on le fait tous les jours. Et, bien sûr, comme tous les jours, Claire avait une devinette pour moi. Je ne sais pas où elle les trouve, mais elle en a toute une réserve.

— Je parie que tu n'as jamais entendu celle-là, a-t-elle dit. Tu es prête?

J'ai hoché la tête.

— Quel est le fruit que les poissons n'aiment pas?

— Le fruit que les poissons n'aiment pas... ai-je répété. Hum...

J'ai réfléchi une minute, mais je n'arrive jamais à trouver la réponse aux devinettes de Claire.

— Je donne ma langue au chat. Alors, c'est quoi?

— La pêche! a répondu Claire en riant.

J'ai ri.

— Elle est bonne, celle-là!

— Tiens, tiens, en parlant de choses qu'on n'aime pas... Regarde qui s'en vient, a dit Claire en levant le menton vers le bout de la table.

Évidemment, c'était Bibiane. Elle avait un bout de croûte de pizza à jeter au compost et une bouteille de jus à mettre au recyclage.

— Hé, regarde bien ça! ai-je murmuré à Claire.

J'ai pris mon dernier bâtonnet de céleri et j'ai enlevé tout le beurre d'arachide avec mon doigt.

Puis j'ai commencé à ouvrir les petits sachets de sel et de poivre posés sur la table.

— Vite, aide-moi!

Claire m'a regardée comme si j'étais tombée sur la tête, mais elle s'y est mise, elle aussi.

— Qu'est-ce que tu fais? a-t-elle chuchoté.

— Tu vas voir!

J'ai vite versé tout le sel et le poivre sur le céleri. Puis j'ai remis le beurre d'arachide sur le dessus. Parfait! On ne voyait que le beurre d'arachide.

— Claire, ouvre grand les yeux!

Bibiane revenait du poste de recyclage.

— Salut, Bibiane, ai-je dit en agitant le bout de céleri.

Bibiane s'est arrêtée, les sourcils froncés.

— Salut.

— Je me demandais juste… si tu voulais mon céleri. Je n'ai plus faim, ai-je dit en me massant le ventre.

Elle a eu l'air surprise.

— Ouais, je suppose.

Elle m'a pris le céleri des mains, elle se l'est mis dans la bouche et elle a commencé à mastiquer. Puis elle s'est arrêtée, la bouche ouverte et les yeux pleins de larmes, grands comme des soucoupes. Je voyais bien qu'elle voulait cracher sa bouchée, mais la surveillante était juste à côté. Alors elle a avalé, tant bien que mal. On a entendu quelques râlements, comme si elle allait s'étouffer, puis… « Aaa-aaa-*tchoum*! » On a vu des bouts de céleri tout mâchonnés voler dans les airs, puis atterrir en partie sur la table, mais surtout sur Bibiane. Il y avait des débris verts et dégoûtants collés partout sur son chandail.

— Dégueu! a lancé Monique.

— Poussez-vous avant qu'elle recommence! s'est écrié Julien.

Il avait à peine fini de parler quand on a entendu un autre « Aaa-aa-*TCHOUM*! ». Il a reçu en plein visage le reste du céleri dégoulinant de beurre d'arachide. Il a lancé un regard horrifié à Bibiane, dont le teint avait viré au gris. Elle

 semblait sur le point de vomir. Elle a tourné les talons et est sortie en courant de la cafétéria. Je ne l'avais jamais vue se déplacer aussi vite.

J'ai éclaté de rire en tapant dans la main de Claire. Youpi!

* * *

Pendant tout l'après-midi, Bibiane a fait d'innombrables allers-retours à la fontaine. Elle ne pouvait pas s'arrêter de boire. La dernière fois qu'elle est revenue, elle s'est penchée sur moi et m'a dit à voix basse :

— Tu sais, Laurence, tu es encore plus stupide que tu en as l'air. Et ça, c'est vraiment stupide! Et puis, tu sais quoi? Tu vas me payer ça. Tu vas voir!

Tout à coup, la blague que j'avais trouvée très drôle n'était plus drôle du tout. Bibiane allait se venger. Probablement pas aujourd'hui. Peut-être pas demain. Mais elle n'allait pas en rester là...

* * *

— Quelle idée stupide! ai-je dit à Claire après l'école, ce jour-là. Pourquoi est-ce que j'ai fait ça?

J'ai lancé la balle de baseball, qui est allée atterrir avec un « clac » en plein dans le gant de Claire.

Elle m'a regardée, l'air aussi misérable que moi.

— Je sais.

Puis elle s'est mise à rire.

— Mais tu dois admettre que c'était très drôle!

Elle m'a renvoyé la balle. De toutes ses forces.

Je lui ai rendu son sourire. C'est une des raisons pour lesquelles elle est ma meilleure amie. Claire réussit toujours à voir le bon côté des choses. Même aujourd'hui... maintenant que je suis officiellement sur la liste des victimes de la pire brute de Grande-Baie.

— Tu as raison, ai-je admis en souriant. J'étais sûre qu'elle allait vomir. Et puis, on aurait dit qu'elle avait de la morve partout sur son chandail.

— C'était dégueu! a ajouté Claire en riant.

— Qui sait? Peut-être qu'elle n'osera plus jamais manger mes goûters, ai-je dit.

— À propos de goûters, a demandé Claire, qu'est-ce que tu dirais de rentrer pour qu'on prépare un de mes célèbres laits fouettés? Avec double crème glacée?

— Super! On pourra peut-être établir un plan en même temps. Un plan pour éviter que je me fasse harceler continuellement par Bibiane...

Chapitre 7

Le lendemain matin, je ne voulais pas aller à l'école. Je savais que Bibiane m'attendrait de pied ferme. Je me disais que, si elle passait quelque temps sans me voir, ça l'aiderait peut-être à se calmer. Alors, j'ai sorti mon Plan B.

— Maman, ai-je annoncé en gémissant et en m'efforçant de prendre un visage piteux. Je pense que je vais vomir. Je ne pourrai pas aller à l'école aujourd'hui.

Ma mère m'a regardée d'un drôle d'air.

— Tu n'as pas l'air malade, Laurence. Viens ici. As-tu le front chaud?

En l'entendant parler comme ça, j'ai su tout de suite que je n'avais aucune chance.

— Hum, a dit ma mère, la main sur mon front. Pas de fièvre. Je pense que tu es assez bien pour aller à l'école.

Elle a continué à me regarder du même drôle d'air. Oh, mon Dieu! J'étais vraiment dans le pétrin!

Mais je n'aurais pas dû m'inquiéter. C'est Bibiane qui n'était pas à l'école cette journée-là. Ni le lendemain. Ni le surlendemain. J'étais au paradis. J'ai travaillé avec Aaron et je n'ai pas eu l'estomac noué une seule fois pendant ces trois jours-là. On a fait des dessins de nos vacances d'été. J'ai choisi de représenter ma mère, mon père et moi à la plage du lac Joli, en train de faire griller des hot dogs sur le feu de bois.

Mais les choses ont changé le vendredi. La grande Bibiane était revenue.

Elle a traversé la classe comme un char

d'assaut. Elle a failli renverser Julien en passant. Puis elle s'est dirigée droit vers moi. J'ai avalé péniblement ma salive. Oh non! Je n'étais pas mieux que morte!

Bibiane s'est approchée à deux pouces de mon nez. Je sentais son haleine chaude sur mon visage. Elle avait les yeux à demi fermés, comme deux petites fentes noires.

— Je n'ai pas oublié ce que tu as fait, Crevette. Tu vas me payer ça. Double tarif, même. Ce soir. Après l'école.

Ouille! Qu'est-ce qu'elle allait me faire? Me coller de la gomme dans les cheveux? Me rouer de coups de poing? Verser du Jell-O dans mes sous-vêtements?

— Les enfants, a annoncé Mme Martin, ce qui a coupé court à mes réflexions. Mettez-vous en rang. C'est l'heure d'aller nous faire photographier.

Ouf! J'ai poussé un soupir de soulagement. J'étais sauvée... pour le moment!

Je suis passée à côté de Bibiane, en me hâtant d'aller me placer près de Claire. Et, tout à coup, je me suis sentie poussée vers l'arrière, sans comprendre ce qui m'arrivait. Je me suis rendu compte que le devant de ma blouse était mouillé et j'ai baissé les yeux. C'était de la peinture! Il y avait de la peinture rouge partout sur ma blouse neuve… Le jour de la photo, en plus! Je n'en revenais pas. Je ne pouvais pas me faire photographier comme ça! Je suis toujours dans la première rangée parce que je suis petite.

La peinture dégoulinait lentement sur ma blouse. On aurait dit du sang. Mon sang. Le sang que Bibiane avait juré de faire couler. Elle ricanait.

— Oh, excuse-moi, Laurence. Je ne t'avais pas vue, je suis désolée. Je le jure! a-t-elle insisté en traçant une croix sur sa poitrine. Croix de bois, croix de fer, si je mens, je vais en enfer!

Elle n'avait pas l'air désolée du tout. Je ne pouvais pas le prouver, mais j'étais sûre qu'elle avait fait exprès de m'asperger de peinture. J'avais le visage tout rouge et les yeux pleins d'eau, mais je refusais de donner à Bibiane la satisfaction de me voir pleurer.

— Ça va, ai-je répondu en me collant sur le visage quelque chose qui ressemblait à un

sourire... du moins, je l'espérais. Je vais simplement mettre ma blouse à l'envers pour la photo.

C'est exactement ce que j'ai fait. Je me suis dépêchée d'aller aux toilettes pour retourner ma blouse. Je sentais dans mon dos la peinture froide et collante. Quand le photographe a été prêt, je lui ai fait mon plus beau sourire. Après la photo, j'ai jeté un petit coup d'œil à Bibiane, dans la dernière rangée. Elle me fixait. Elle n'avait pas l'air en colère. Plutôt... perplexe.

Chapitre 8

— Les enfants, a annoncé Mme Martin quand on a été de retour en classe après la séance de photos, on va bientôt commencer notre premier projet de l'année. Vous allez vous servir des ordinateurs pour faire de la recherche sur différentes communautés du Canada. Et ensuite, vous présenterez les résultats de votre recherche à la classe.

Elle s'est interrompue quelques secondes et a parcouru la pièce des yeux.

— Je voudrais vraiment que vous fassiez des présentations o-ri-gi-nales, a-t-elle ajouté en insistant longuement sur le mot « originales ».

Pas de problème! J'ai appris à me servir d'un ordinateur à l'âge de quatre ans. Je me retrouve facilement sur Internet, je connais bien les moteurs de recherche et je sais faire plein d'autres choses. C'était un projet parfait pour moi!

— Et vous allez travailler à deux, a ajouté Mme Martin.

Je me suis tournée vers Claire. J'ai pointé un doigt vers elle, puis vers moi. Elle a fait « oui » de la tête, en levant le pouce. Quelle bonne équipe on allait faire!

— On va tirer au sort pour savoir avec qui vous allez travailler.

Tous les élèves de la classe ont poussé un grognement.

— On ne peut pas choisir nous-mêmes notre partenaire? s'est lamenté Nicolas.

— La prochaine fois, peut-être, Nicolas, a répondu Mme Martin en souriant. En attendant, ce sera une bonne occasion d'apprendre à connaître quelqu'un de nouveau.

Elle a commencé à faire le tour de la classe en remettant à chaque élève un petit bout de papier pour qu'il y écrive son nom. J'ai écrit « Laurence Cantin » de ma plus belle écriture, j'ai plié le papier selon ma méthode secrète et je l'ai déposé dans le panier. Puis j'ai caché mes deux mains sous la table et j'ai croisé les doigts pour que la chance me sourie.

Mme Martin a commencé à tirer des noms.

— Éric, tu fais équipe avec…

Elle a pris dans son panier un autre bout de papier plié.

— … Rachel. Mathieu, tu es avec Julien. Claire…

Je retenais mon souffle. S'il vous plaît, s'il vous plaît, faites que ce soit moi…

— … avec Karine.

J'ai poussé un long soupir. J'aurais tellement voulu travailler avec Claire… Maintenant, l'identité de mon partenaire n'avait plus aucune importance.

— Et Bibiane, avec...

Oh, non! J'avais oublié Bibiane! Bien sûr que ça avait de l'importance! Je risquais de me retrouver encore une fois forcée de collaborer avec la pire brute de l'école. Sur le qui-vive, je me répétais en silence : « Pas moi, pas moi! »

Et puis, à travers le tumulte qui régnait dans la classe, j'ai entendu :

— Laurence. Bibiane et Laurence vont faire équipe ensemble.

J'ai fermé les yeux et je me suis ratatinée sur mon siège. Quelle journée! Ma blouse était fichue. Bibiane allait m'attendre de pied ferme après l'école. Et maintenant, je devais travailler avec elle jusqu'à la fin de l'après-midi. L'année qui devait être une année de rêve se transformait rapidement en cauchemar.

Chapitre 9

Bibiane m'a fait un petit sourire en coin.

— Alors, Crevette, on est ensemble!

— On dirait, ai-je répondu en évitant son regard.

— Eh bien, tant pis pour toi. Je déteste les projets de ce genre-là. Alors, tu peux le faire. En entier, a-t-elle précisé en croisant les bras. Ce sera le début de ma vengeance.

J'ai avalé ma salive.

— Eh bien, je suis assez douée pour me servir de l'ordinateur. Tu peux choisir quelques endroits, si tu veux, et je te montrerai à fouiller avec un moteur de recherche.

— Je te l'ai déjà dit, a rétorqué Bibiane en élevant la voix. C'est toi qui fais tout le projet, et on récolte toutes les deux les bonnes notes.

— Les filles, a coupé Mme Martin, est-ce qu'il y a quelque chose qui ne va pas? Bibiane, baisse la voix, s'il te plaît, tu n'es pas dans la cour de récré.

— Pas de problème, a marmonné Bibiane.

— Est-ce que vous avez choisi une communauté? a demandé Mme Martin en nous regardant l'une après l'autre.

— Euh… ai-je bégayé.

— Inuvik, a lancé brusquement Bibiane.

— Vraiment? Ça me paraît fascinant!

Mme Martin a écrit « Inuvik » sur sa planchette à pince.

J'ai regardé Bibiane, étonnée. Inuvik? Où est-ce qu'elle avait pris ça?

— Eh bien, j'ai hâte d'entendre votre présentation, les filles, a conclu Mme Martin.

Et elle est partie.

— Qu'est-ce qui t'a pris? ai-je demandé. On n'a pas choisi Inuvik ensemble. On n'a rien décidé ensemble. On n'en a même pas parlé!

— Tant pis pour toi, Crevette. J'ai déjà habité là-bas. Et puis, il fallait bien qu'une de nous deux trouve une réponse en vitesse. Et tu n'as pas pu, évidemment!

J'ai inspiré profondément. Ça n'avait aucun sens. Il n'était pas question que je fasse tout le travail. Et j'avais beau être petite, j'en avais assez de me faire appeler « Crevette ».

— Arrête de m'appeler « Crevette ». Je déteste ça.

Bibiane a levé les sourcils, étonnée. Elle a réfléchi un instant, puis elle a dit, en se penchant vers moi :

— D'accord. Alors, Mademoiselle Petit Génie,

voyons ce que tu sais faire à l'ordinateur. Trouve-nous de l'information sur Inuvik.

Sans même que j'aie à insister, Bibiane avait accepté de ne plus m'appeler « Crevette ». Je pense qu'elle était aussi surprise que moi. Ce n'était pas encore l'entente parfaite entre nous, mais c'était au moins un début.

Chapitre 10

On a passé le reste de la journée à faire de la recherche sur Inuvik. Ou plutôt, j'ai passé le reste de la journée à faire de la recherche sur Inuvik. Bibiane s'est contentée de fixer l'ordinateur, le menton en avant, les poings fermés sur les cuisses. Elle paraissait de plus en plus frustrée. C'était inquiétant... Et ça n'allait sûrement pas améliorer les choses!

J'ai fini par me rendre compte que Bibiane ne connaissait à peu près rien aux ordinateurs. Elle ne savait pas comment allumer l'appareil. Ni comment se servir de la souris. Et surtout pas comment naviguer sur Internet. Chaque fois que je lui montrais quelque chose de nouveau, elle grognait. Elle avait le

visage de plus en plus rouge, les bras croisés sur la poitrine. Des gouttes de sueur perlaient sur sa lèvre supérieure.

« De plus en plus inquiétant! me suis-je dit. Elle va vouloir me faire payer ça aussi, après l'école. »

— Hé, ai-je lancé, savais-tu qu'il y a ce qu'on appelle « le soleil de minuit » à Inuvik?

— Évidemment!

— Ça dit ici qu'en été, il fait clair 24 heures sur 24. Ça doit être bizarre.

— Évidemment! Tout le monde sait ça!

— Eh bien, moi, je ne le savais pas, ai-je répliqué. Imagine un peu pouvoir te promener en bicyclette au milieu de la nuit, comme si c'était en plein jour.

Bibiane a penché la tête, silencieuse.

— Il y a aussi ce qu'ils appellent les aror…

— Les aurores boréales.

— Oui! Tu connais ça?

— Ce sont des bandes de couleurs – vertes, bleues, roses et jaunes – qui illuminent le ciel la nuit.

— Tu en as déjà vu?

— Évidemment, a répliqué Bibiane. Des tonnes de fois.

— Cool!

La cloche a sonné à ce moment-là. C'était l'heure de rentrer à la maison.

Bibiane m'a regardée.

— Je t'attends près des supports à bicyclettes, Mademoiselle Petit Génie. Tu fais mieux d'être là!

Au moins, elle ne m'appelait plus « Crevette ». « Mademoiselle Petit Génie », c'était quand même mieux. Enfin, un peu…

Mais elle n'avait pas oublié ses projets de vengeance. J'avais espéré que, peut-être, elle aurait décidé de passer l'éponge sur l'incident du céleri. Surtout maintenant qu'on était partenaires. Mais non… C'était vraiment une brute, comme tout le monde le disait.

Lentement, j'ai mis mon sac-repas dans mon sac d'école et je me suis traînée jusqu'à la porte. Mon plan, c'était de prendre le plus de temps possible et puis, au dernier moment, de courir tout droit jusqu'à l'autobus et d'aller m'asseoir derrière le chauffeur.

— Dépêche-toi, Laurence, m'a lancé Mme Martin. Tu vas manquer l'autobus.

Elle semblait impatiente.

— Oui, oui!

Je me suis engagée dans le corridor. Jusque-là, tout allait bien. La voie était libre. Pas de trace de Bibiane! J'ai ouvert la porte principale et j'ai jeté un coup d'œil vers les supports à bicyclettes. Évidemment, Bibiane était là, en train de harceler des élèves de deuxième année. J'avais une chance de lui échapper. Mais elle s'est retournée juste à ce moment-là et elle m'a vue.

Zut!

C'était maintenant ou jamais. Je me suis précipitée vers l'autobus, j'ai gravi les marches en courant et je me suis effondrée sur un siège.

Denis, le chauffeur, m'a demandé :

— Tu as hâte de rentrer chez toi, ce soir, Laurence?

— Oh, oui! ai-je répondu, haletante.

Par la fenêtre, je voyais Bibiane courir vers l'autobus. Courir après moi… Elle avait le visage sombre comme un jour d'orage, mais elle ne ferait sûrement rien devant le chauffeur. Et puis, juste à ce moment-là, une voiture de police s'est arrêtée devant l'autobus. La fenêtre s'est ouverte et un policier a crié :

— Hé, Bibiane! Ici!

Bibiane s'est retournée. Je voyais bien qu'elle était étonnée.

C'était mon jour de chance! Bibiane s'en allait en prison! Enfin, peut-être pas en prison, mais sûrement à l'école de réforme, là où vont les jeunes qui font des mauvais coups. Les policiers savaient probablement que c'était une brute, toujours en train de s'en prendre aux autres élèves. Ils allaient s'occuper d'elle une fois pour toutes. Bibiane s'en allait derrière les barreaux! J'ai poussé un soupir de soulagement. Plus de Bibiane…

Je l'ai regardée s'approcher de la voiture de la police. Et puis – je n'en croyais pas mes yeux! –,

son visage s'est illuminé d'un sourire resplendissant! Elle a ouvert la portière et est montée. On aurait dit qu'elle était contente de voir le policier. Bizarre… Je serais morte de peur si je savais que je m'en allais à l'école de réforme. Mais pas Bibiane. C'est vraiment une dure de dure! Elle souriait, même si elle était en train de se faire arrêter.

Youpi! Avec le départ de Bibiane, mes problèmes étaient réglés. Plus de brute, plus de harcèlement. Maintenant que Bibiane s'en allait à l'école de réforme, ma troisième année s'annonçait soudain beaucoup mieux.

Chapitre 11

Le lundi suivant, j'ai eu toute une surprise!
Bibiane était là, assise devant l'ordinateur. À
attendre. À m'attendre, en fait. Elle n'était donc
pas derrière les barreaux?

— Je pensais que tu étais en prison, ai-je
bégayé en la voyant.

— Quoi? a demandé Bibiane.

— Je veux dire à l'école de réforme, ai-je
précisé. J'ai vu les policiers venir te chercher
vendredi.

Bibiane, la tête renversée vers
l'arrière, s'est mise à rire à perdre
haleine. À tel point que je voyais
ses plombages, sur deux de ses
molaires d'en haut.

— Ça, c'est la chose la plus
drôle que j'aie entendue de ma
vie, a-t-elle fini par articuler. C'est
mon père qui est venu me chercher.

Il est policier dans la GRC.

Elle s'est interrompue un instant.

— Mais pourquoi est-ce que j'irais à l'école de réforme?

Je me suis contentée de fixer le bout de mes souliers. Je pouvais vraiment être idiote, quand je m'y mettais! Je ne savais pas quoi répondre. Aussi bien dire la vérité. Alors, j'ai regardé Bibiane droit dans les yeux.

— Parce que tu harcèles tout le temps tout le monde.

Bibiane m'a regardée fixement, l'air perplexe. Elle était très sérieuse, les yeux plissés. Sans lui laisser le temps de répliquer, et avant que mon courage m'abandonne, j'ai continué.

— Tu as pris l'argent qu'un petit de première année avait apporté pour son dîner. Tu as mis de la gomme sur la chaise de Rachel, et son beau pantalon tout neuf est fichu. Tu as lancé une grosse roche dans la fenêtre du gym. Et puis, ai-je ajouté d'une voix de plus en plus assurée, tu n'arrêtes pas de me prendre mon goûter à la récré! C'est pour ça que tu n'as pas d'amis. Bibiane, tu es méchante!

J'ai fini par me taire, le cœur battant. Je

respirais tellement fort que j'étais sûre que
j'allais m'évanouir. Je n'en revenais pas de lui
avoir dit tout ça. C'était vrai, du moins à mes
yeux. Mais je n'aurais pas dû le dire. J'étais
cuite…

Et puis, il s'est passé une chose très étrange.
Bibiane a fait un drôle d'air. J'ai cru un instant
qu'elle allait pleurer. Son cou, puis son visage, et
enfin ses oreilles sont devenus tout rouges. Elle

est restée un bon moment assise sur sa chaise, sans bouger, à cligner des yeux. Puis elle a dit :

— Bon, il faut se remettre à travailler à notre projet sur les communautés canadiennes.

Pas un mot de plus! Comme si je ne venais pas de la traiter de brute. Ou comme si elle n'avait pas entendu. Mais je savais qu'elle avait très bien entendu. Elle faisait seulement comme si de rien n'était...

Mon cœur s'est calmé. Ma respiration est redevenue normale. Je n'en revenais pas de la chance que j'avais.

— D'ac-cord, ai-je articulé péniblement.

Pour la première fois, Bibiane m'a aidée à faire le projet. Un peu, du moins...

J'ai appris que Bibiane avait vécu à Inuvik pendant deux ans. À cause du travail de son père. En fait, elle a habité à trois endroits différents. Elle est en quelque sorte une spécialiste des communautés canadiennes. Qui l'aurait cru? Pas moi, en tout cas.

Plus tard, pendant le cours de maths, Claire est venue me trouver près du taille-crayon.

— Qu'est ce qui t'a pris de parler à Bibiane comme ça? a-t-elle chuchoté. Toute la classe a entendu ce que tu disais.

— Je n'en pouvais plus, ai-je chuchoté à mon tour. J'en ai assez de me faire mener par le bout du nez. J'en ai assez d'entendre dire que d'autres élèves se font harceler eux aussi. D'ailleurs, tu sais quoi?

— Quoi? a demandé Claire.

— Ça va mieux entre nous maintenant. Elle n'est pas super amicale ni super gentille, mais au moins, elle m'a aidée pour le projet.

— Hum. Intéressant… a répondu Claire.

Chapitre 12

Le mardi, Mme Martin avait une annonce à nous faire.

— Vous devez terminer vos projets aujourd'hui. Les présentations commencent demain.

Elle s'est interrompue quelques secondes.

— Et n'oubliez pas, a-t-elle ajouté. J'aimerais que vous présentiez votre communauté canadienne de façon vraiment originale. Vous avez l'après-midi pour terminer votre recherche à l'ordinateur.

Encore un après-midi à passer avec Bibiane, et puis ce serait fini. Et moi, Laurence Cantin, j'aurai survécu à un projet avec la pire brute de l'école Grande-Baie.

J'ai jeté un coup d'œil vers Bibiane. Les choses s'étaient un peu améliorées depuis que je lui avais dit ce que tout le monde pensait d'elle. Elle ne me prenait plus mes carrés au chocolat à la récré. Elle n'avait pas essayé une seule fois de me faire trébucher. Elle n'agitait plus jamais le poing comme si elle allait me battre. Elle était étrangement tranquille. Je ne comprenais pas. Mais ça me convenait. Tant et aussi longtemps que cette trêve durerait, je serais contente.

On a travaillé encore une demi-heure à l'ordinateur et on a inscrit deux autres renseignements sur notre tableau. Puis on a passé quelque temps à faire une affiche. On a dessiné un ours polaire, un lagopède et d'autres animaux sauvages qui vivent près d'Inuvik. J'ai fait la plupart des dessins, et Bibiane les a coloriés. J'ai dessiné des aurores boréales, et Bibiane a ajouté des brillants pour montrer qu'elles scintillaient. On a fini 10 minutes avant la fin du cours.

Il fallait maintenant décider comment présenter notre travail à la classe.

— Je pourrais parler des aurores boréales, et toi, tu pourrais parler de la chasse aux caribous, ai-je suggéré.

— Peut-être.

— Ou alors, je pourrais montrer ce qu'il y a

sur l'affiche pendant que tu lis ce qu'on a trouvé sur Internet.

— Peut-être.

— On pourrait aussi montrer en même temps l'affiche et le tableau, en présentant les éléments dont on est en train de parler…

— Peut-être.

— Tu ne peux pas dire autre chose que « peut-être »? ai-je demandé.

Je savais que j'avais l'air d'une râleuse. Mais je m'en fichais. Chaque fois que je suggérais quelque chose, tout ce que j'obtenais comme réponse, c'était « peut-être »! Peut-être, peut-être, peut-être!

— Écoute! a répliqué Bibiane. Mme Martin a dit de présenter notre projet de façon originale. Et qu'est-ce qu'il y a d'original dans tes idées? Je vais te le dire, moi. Rien!

— Si tu peux faire mieux, vas-y! ai-je répliqué, boudeuse.

— Je pense que oui. Laisse-moi m'occuper de la présentation, Mademoiselle Petit Génie.

J'ai regardé Bibiane, stupéfaite. La laisser s'occuper de la présentation? Sûrement pas! Si elle s'en occupait comme elle s'était occupée de la recherche à l'ordinateur, elle allait rester assise sans rien faire et on aurait zéro.

La cloche a sonné. C'était l'heure d'aller prendre l'autobus.

On devait présenter notre projet dès le lendemain. Prêtes, pas prêtes. On avait trouvé beaucoup d'information intéressante. On avait fait une belle affiche, bien dessinée et bien coloriée. L'une de nous deux pouvait parler d'Inuvik pendant que l'autre montrerait des choses sur le tableau. C'était tout ce qu'il y avait à faire. Bibiane n'aurait sûrement pas d'autres idées.

Chapitre 13

Le mercredi matin, j'avais des papillons dans l'estomac. J'avais l'impression qu'ils étaient en train de faire une drôle de petite danse dans mon ventre. J'espérais que Bibiane et moi, on ne serait pas les premières à passer.

Monique et Jeannie nous ont présenté leur travail sur Charlottetown. Puis Karine et Claire, leur projet sur Montréal. Ensuite, ça a été au tour de Mathieu et Julien. Et – surprise! –, toutes les équipes ont fait exactement la même chose. L'une après l'autre, elles ont lu ce qu'il y avait sur leur tableau en montrant leurs dessins. C'était endormant, avec un E majuscule!

J'ai jeté un coup d'œil discret à Bibiane. Elle ramassait une mousse sur son t-shirt. Elle m'a regardée avec un sourire narquois, l'air de dire « Tu vois, je t'avais dit que ton idée était stupide! ».

J'étais de plus en plus nerveuse. Mme Martin

s'attendait à quelque chose d'intéressant. D'original. J'avais eu la même idée que tous les autres. La même idée endormante...

Je me suis dit que j'aurais dû faire confiance à Bibiane. Mais il était trop tard...

En parcourant la pièce des yeux, j'ai vite constaté que tous les élèves s'ennuyaient. Certains bâillaient. D'autres avaient l'air de dormir les yeux ouverts.

À la fin de notre présentation, la moitié de la classe serait sûrement endormie.

La voix de Mme Martin a interrompu le fil de mes pensées.

— Maintenant, pour la dernière présentation de la journée, écoutons ce que Bibiane et Laurence ont à dire. Les autres pourront présenter leurs projets demain.

Je me suis levée lentement, l'affiche serrée sur ma poitrine. Pendant que je me dirigeais vers l'avant de la classe, Bibiane m'a agrippé le bras.

— Contente-toi de lire. Je m'occupe du reste.

Elle traînait derrière elle un grand sac. Encore plus grand que celui dans lequel elle avait apporté son boa constricteur... ou plutôt sa nouille de piscine.

J'ai hoché la tête. Je n'avais rien à perdre, de toute manière. Ça ne pouvait pas être pire que toutes les autres présentations. Et pas plus endormant...

— D'accord, ai-je répondu en lorgnant le sac.

Bibiane s'était placée face au tableau. Elle ne regardait même pas la classe! Quelle sorte de présentation avait-elle donc l'intention de faire?

— Arrête de me regarder, a sifflé Bibiane. Commence à lire.

— Mais tu tournes le dos à la classe!

— Lis!

Je me suis éclairci la gorge.

— Notre projet porte sur Inuvik, ai-je commencé en jetant un bref regard à Bibiane, qui fouillait dans son sac. C'est une des communautés situées le plus au nord du Canada. En hiver, les gens doivent s'habiller très chaudement parce que la température peut baisser à moins 40.

J'ai entendu des exclamations étonnées.

Bizarre! Ce n'était pourtant pas si extraordinaire...

Puis j'ai vu Monique montrer quelque chose derrière moi. Bibiane était en train de se passer par-dessus la tête un long manteau de fourrure décoré de billes rouges et jaunes.

Quoi? Un manteau en peau de caribou?

J'ai poursuivi ma lecture.

— Beaucoup de gens portent des kamiks pour garder leurs pieds au chaud.

Du coin de l'œil, j'ai vu Bibiane fouiller de nouveau dans son sac. Et en sortir deux bottes

en peau de phoque. J'aurais dû m'y attendre! Après les avoir enfilées, elle a sorti de son sac un petit tambourin et elle a commencé à en jouer doucement.

Je l'ai regardée, interdite. Je n'en revenais pas! Qu'est-ce qu'elle avait bien pu apporter encore? On avait réussi à attirer l'attention de tout le monde. Plus personne ne bâillait. Plus personne ne regardait par la fenêtre. Même Mme Martin était assise un peu plus droit.

J'ai continué à lire les renseignements inscrits sur notre tableau.

— Il y a longtemps, les Autochtones parlaient

le gwich'in. Aujourd'hui, beaucoup d'entre eux réapprennent cette langue.

Le tambourin s'est tu.

Poc. Poc. Poc.

Mais qu'est-ce qu'elle faisait là? J'ai regardé discrètement, mais je n'ai pas compris. Bibiane avait commencé à sortir des pierres de son sac. Des pierres? Qu'est-ce que c'était que cette idée? Ça n'avait rien à voir avec notre projet! J'ai senti l'inquiétude me gagner. Elle n'allait pas les lancer, au moins? Je voyais déjà notre note dégringoler. Et je nous imaginais toutes les deux en retenue pendant un mois. J'ai avalé ma salive et j'ai continué ma lecture.

— Pendant le festival du soleil levant, en janvier, on organise des courses de traîneaux à chiens.

Poc. Poc. Poc.

J'ai lancé un autre regard discret à Bibiane. Elle était encore en train de sortir des pierres de son sac.

— Inuvik offre une aventure exaltante dans le Grand Nord, ai-je poursuivi. Et ceci termine notre projet sur Inuvik.

J'ai fermé les yeux, la gorge serrée. S'il te

plaît, Bibiane, s'il te plaît, ne t'avise pas de lancer des pierres! Ça lui ressemblerait tout à fait. Brute un jour, brute toujours!

Mme Martin s'est levée et s'est mise à applaudir.

— Magnifique présentation, Bibiane et Laurence.

Je me suis tournée vers Bibiane, nerveuse. Puis j'ai regardé son tas de pierres. Je me suis frotté les yeux. C'était impossible! Mais non, je n'avais pas la berlue... Là, devant la classe, Bibiane avait construit bien tranquillement un inukshuk pendant que je terminais ma lecture.

L'inukshuk lui arrivait à la taille. Ses deux bras tendus montraient le chemin aux voyageurs.

Bibiane souriait. C'était bien la première fois que je la voyais sourire comme ça.

— Mahsi cho, a-t-elle dit.

— Pardon? « Mahsi cho »? a demandé Mme Martin, perplexe.

— Ça veut dire « merci » en gwich'in.

Bibiane a levé la main pour taper dans la mienne.

— On a réussi, Crevette... Je veux dire

Mademoiselle Petit Génie… Heu, Laurence.

— Non, tu as réussi, ai-je répondu en souriant. – C'était probablement aussi la première fois que je lui souriais. – Pourquoi tu ne m'as pas dit que tu allais apporter tout ça? Je me suis inquiétée pour rien.

— Vraiment? a-t-elle répliqué. Je ne pouvais pas te laisser t'en tirer aussi facilement. Pas après ton … ton « délicieux » céleri de l'autre jour!

Je lui ai fait un sourire penaud.

— On fait la paix?

— On fait la paix!

* * *

Je ne peux pas dire que Bibiane est devenue ma grande amie après ce jour-là. On ne jouait pas ensemble à l'école. On n'allait pas au magasin ou au parc ensemble. En fait, on ne faisait absolument rien ensemble.

Mais je m'étais rendu compte qu'une bonne partie des histoires qui circulaient au sujet de Bibiane était justement ça : des histoires… même si elle avait effectivement soulevé Éric Vincelette par la ceinture et qu'elle n'était pas toujours la fille la plus gentille de Grande-Baie.

Après ce jour-là, elle ne m'a plus jamais montré le poing. Elle ne m'a plus jamais volé mon goûter. Et je ne lui ai plus jamais préparé de bâtonnets de céleri à ma manière. On en était arrivées à une entente. Je la comprenais un peu mieux. Et je pense que c'était pareil pour elle. Mais une chose est certaine, finalement, ma troisième année a été la plus belle de ma vie!